गुरू ब्रह्मा गुरु विष्णु गुरु देवो महेश्वरा,
गुरु साक्षात परम ब्रह्मा तस्मै श्री गुरुवे नमः।

लक्ष्य : जीवन जीने की कला

: हिमांशु सचदेव

लक्ष्य : जीवन जीने की कला

:हिमांशु सचदेव

लक्ष्य : जीवन जीने की कला

:हिमांशु सचदेव

<u>कॉपीराइट</u> :

लक्ष्य : जीवन जीने की कला

:हिमांशु सचदेव

<u>Copyright:</u>

Author contact :

Mail id : <u>sachdev11himanshu@gmail.com</u>
Mobile : 9664299499

Index

UNDERSTANDINGS :

:हिमांशु सचदेव

<u>Understanding : 1</u>

लक्ष्य का मतलब और जीवन में इसकी अनिवार्यता
(Meaning of Goal and its essentiality)

दोस्तो, लक्ष्य का सीधा सा मतलब है,
"किसी चीज को पाने की इच्छा करना और उसे पाने के लिए प्रयत्नशील होना", to want something and striving to achieve that want, लक्ष्य को अंग्रेजी में टारगेट या गोल भी कहते हैं। अब प्रश्न ये उठता है कि क्या जीवन में लक्ष्य होना जरूरी है?
तो इसका सीधा सा जवाब है , बिल्कुल नहीं । जिंदगी में लक्ष्य होना दोस्तो बिल्कुल भी जरूरी नहीं है। बिना लक्ष्य के भी लोग जी रहे है और मर रहे है। In fact, दुनिया में ज्यादातर लोग बिना लक्ष्य के ही जीते है और

:हिमांशु सचदेव

मर जाते हैं । जीवन में लक्ष्य होना बिल्कुल भी necessity नहीं है , पर लक्ष्य एक luxury है।

लक्ष्य होना luxury कैसे है उससे पहले ये जानते है कि लक्ष्य होते कितने प्रकार के है ?

:हिमांशु सचदेव

<u>Understanding : 2</u>

लक्ष्य के प्रकार
(Types of goals)

दोस्तो, लक्ष्य दो प्रकार के होते हैं,

एक होता है positive लक्ष्य और एक होता है negative लक्ष्य।

उदाहरण से समझते है , जिस लक्ष्य से खुद का और समाज का फायदा हो वो होता है पॉजिटिव लक्ष्य। जैसे भगत सिंह जी का लक्ष्य था देश को आज़ाद करवाना, जैसे एक मेडिकल स्टूडेंट का लक्ष्य होता है डॉक्टर बनना, लोगो का इलाज भी करना और खुद को भी जीवन में आगे बढ़ाना और जैसे एक बिजनेसमैन का लक्ष्य होता है अपनी कंपनी बड़ी बनाना जिसके लिए उसे बहुत से कर्मचारियों को रखना पड़ता है , तो चाहते या ना चाहते हुए किसी ना किसी रूप में खुद के साथ औरों का भी भला करना होता है पॉजिटिव लक्ष्य ।

:हिमांशु सचदेव

और नेगेटिव लक्ष्य का सबसे सटीक उदाहरण है terrorism यानी आंतकवाद । आतंकवादी भी कुछ पाना चाहते है और उसे पाने के लिए वो प्रयत्नशील भी होते हैं पर जिस लक्ष्य से खुद का और समाज का नुकसान हो वो होता है नेगेटिव लक्ष्य।

हम अच्छे लोग है तो हम बात करेंगे सिर्फ पॉजिटिव लक्ष्य की। हमारे लिए लक्ष्य का मतलब है पॉजिटिव लक्ष्य।

जैसा कि मैंने आपको बताया कि लक्ष्य होना necessity नहीं है ,लक्ष्य होना luxurious है , तो हम अब बात करते है कि लाइफ में लक्ष्य का होना luxurious कैसे है ?

:हिमांशु सचदेव

<u>Understanding: 3</u>

जीवन में लक्ष्य होने के फायदे
(Benefits of having a goal in life)

No.1) Having a goal in life helps in escaping the person from insulting the creator :

दोस्तों , कोई तो है जिसने दुनिया बनाई है , हमे बनाया है , कुछ लोग उसे भगवान कहते है , कुछ लोग गोड तो कुछ लोग अल्लाह कहते हैं। अगर हमारे जीवन में कोई लक्ष्य नहीं है तो हम उस भगवान या गोड का अपमान कर रहे हैं जिसने हमे ये मानव शरीर दिया है। क्योंकि बिना लक्ष्य का इंसान जीवन में 3 ही काम करता है , खाता है, सोता है और बच्चे पैदा करता है और सारी जिंदगी यही करता हुआ वो एक दिन मर जाता है। दोस्तों यहां सोचने वाली बात ये है कि यही तीन काम

:हिमांशु सचदेव

तो एक जानवर भी कर रहा है तो फिर एक इंसान और जानवर में क्या फर्क रह गया।

भगवान को भी दुख होता होगा या वो खुद को अपमानित महसूस करता होगा कि इससे अच्छा तो मैं इस बिना लक्ष्य वाले इंसान को जानवर ही बना देता । इसे इंसान बनाकर कोई फायदा तो हुआ नहीं। तो दोस्तों, अगर हमारे जीवन में कोई लक्ष्य है तो हम अपने क्रिएटर को अपमानित करने से बच जाते है।

No .2) Focus :

लक्ष्य होने से जीवन में एक फोकस आता है। पुरानी और सटीक कहावत है कि " खाली दिमाग शैतान का घर होता है"। दुनिया में कई तरह के बुरे काम है या बुरे शौक है जो अगर गलती से भी लग जाएं तो अच्छे खासे जीवन को बर्बाद कर देते हैं। तो लक्ष्य हमे एक फोकस देता है जिससे किसी भी बुराई की तरफ अट्रैक्ट होने के चांसेज बेहद कम हो जाते है और हम जीवन में गलत दिशा में

:हिमांशु सचदेव

भटकते नहीं है बल्कि खुद को अंत में धन्यवाद करते है कि अच्छा है हमारी जिंदगी में हमने कोई लक्ष्य रखा ।

No.3) Overall self improvement through character building :

जीवन में लक्ष्य होता है तो हमारी पर्सनैलिटी और विचारो में एक सकारात्मक बदलाव आता है। हमारी पर्सनलिटी charismatic personality हो जाती है और हमारा एक अच्छा करेक्टर डेवलप होता है जिससे हम ओरो के लिए भी एक इंस्पिरेशन बन जाते है।

No. 4) Destroys limited belief :

लक्ष्य हमे अपने आप से ऊपर उठाता है। कहने का मतलब हम कुछ चीज़े जीवन में अपने लिए असंभव सी मान लेते है। हम सोचते है कि ये काम हम नहीं कर सकते , वो काम बहुत मुश्किल लगता है । पर जब हम एक लक्ष्य बनाते है और जैसे जैसे अपने लक्ष्य की तरफ अग्रसर होते है , हमे अनुभव होता है कि बेकार ही हम

:हिमांशु सचदेव

खुद को कमजोर मान के बैठे थे , हम तो ताकतवर है और हमारा limited belief system टूट जाता है।

No.5) Goal keeps us busy in life :

दोस्तों , जीवन में सुख और दुख मौसम की तरह आते है । जिसके पास कोई लक्ष्य है वो दुख से आगे निकलकर अपने लक्ष्य को प्राप्त करने में फिर बिजी हो जाता है और बिना लक्ष्य वाला व्यक्ति उस दुख को ही पकड़कर बैठा रहता है। क्योंकि उसके पास बिजी होने के लिए या आगे के जीवन की कोई योजना ही नहीं है।

6.) Brings joyful challenge :

मैं अपनी कहूं तो मुझे तो जीवन का मज़ा ही तब आता है जब जीवन में कोई लक्ष्य है। बिना लक्ष्य के जीवन क्या मज़ा है। जब तक हम खुद को चैलेंज नहीं करते तब तक हम कुछ नया सीखने का प्रयास नहीं कर सकते और जब तक हमे कुछ नया सीखने की जिज्ञासा नहीं होगी तब तक जीवन नीरस सा रहेगा। ऐसी मूवी के बारे में

लक्ष्य : जीवन जीने की कला

:हिमांशु सचदेव

सोचिए जिसमे कोई एक्साइटमेंट नहीं ही नहीं है। ऐसी मूवी में किस इन्सान को मज़ा आता है खाली नींद आती है । "और जीवन तो वो मूवी है जिसके लेखक भी हम है, निर्देशक भी हम है और हीरो भी हम है " ।
लक्ष्य होगा तो जीवन में कभी बोरियत नहीं होगी।

दोस्तो, अब हम इस टॉपिक को और आगे बढ़ाते है और अब हम बात करते है कि आखिर "लक्ष्य क्या होना चाहिए " ।

<u>Understanding :4</u>
लक्ष्य क्या होना चाहिए
(What should be the goal)

ये आपको कोई नहीं बता सकता कि आपका जीवन में लक्ष्य क्या होना चाहिए। क्योंकि आपको आपसे बेहतर और कोई नहीं जानता। आपका लक्ष्य आपको ही चुनना है और चुनना चाहिए। बाहरी किसी व्यक्ति या घरवाले कुछ भी बोलते रहे पर आपको लक्ष्य का चुनाव करते समय सिर्फ अपनी अंतरात्मा की सुननी चाहिए। क्योंकि दुनिया तुमको उनके हिसाब से, उनके नजरिए और उनकी thought process के हिसाब से बताएगी । तुम्हारी काबिलियत और तुम्हारा passion सिर्फ़ तुम जानते हो और तुमको तुमसे बेहतर कोई नहीं जानता है । इसलिए अपना लक्ष्य खुद चुने। हां मगर लक्ष्य चुनते समय हमे कुछ बातों का ध्यान रखना चाहिए। वो बाते कौनसी है , जानते है...

<u>Understanding : 5</u>

लक्ष्य चुनते वक्त ध्यान देने वाली मुख्य बातें: (Important points to keep in mind while choosing Goal)

1. Interest and passion:

दोस्तों, जिस चीज में हमारी रुचि हो या जिसे करने में हमे मज़ा आता हो अगर उसी क्षेत्र में लक्ष्य बनाते है तो हमे लक्ष्य पाने की प्रक्रिया में आनंद आता है और इसीलिए हम अपने लक्ष्य को आसानी से भी प्राप्त कर सकते है और यदि हमे लक्ष्य के प्रति रुचि ही नही होगी तो ना तो हम उसे प्राप्त कर सकते है बल्कि हम जीवन में खुश होने की बजाए अवसाद में जा सकते है। लेकिन अगर हमारे passion से जुड़ा जीवन का कोई लक्ष्य होगा तो उसे पाने में कितनी भी तकलीफें आएं, हम खुशी खुशी ना सिर्फ उन्हें झेल

:हिमांशु सचदेव

लेंगे बल्कि तकलीफों से आगे निकलकर अपनी मंजिल यानि की लक्ष्य को हंसते हंसते पा लेंगे। जैसे मान लीजिए दो बच्चे है राम और श्याम । दोनो आईआईटी की तैयारी कर रहे है मगर आईआईटी की पढ़ाई में राम का तो इंट्रेस्ट है मगर श्याम को बिल्कुल इसमें इंट्रेस्ट नही है पर श्याम को जबरदस्ती अपने माता पिता द्वारा आईआईटी की तैयारी करवाई जा रही है , उसे जबरदस्ती अपने मां बाप द्वारा एक लक्ष्य दे दिया गया है जिसमे उसकी रुचि बिल्कुल नही है।तो अब आप खुद सोचिए कि आईआईटी की परीक्षा में कौन सफल होगा और कौन जबरदस्ती पढ़ाई करने के चक्कर में अवसाद यानि डिप्रेशन में जा सकता है। इसीलिए सभी को भी यह समझना चाहिए कि अगर किसी व्यक्ति को अपने लक्ष्य में रूचि नही है तो वो उसे पाने में कभी सफल नही हो सकता ।

2. उद्देश्य (Purpose) :

लक्ष्य : जीवन जीने की कला

:हिमांशु सचदेव

इस दुनिया में शायद ऐसा कोई भी नही है जिसने जिंदगी में कभी कोई तकलीफ नहीं झेली । हम सभी ने अपने जीवन में कभी ना कभी ऐसा दर्द देखा है जिसने हमे निचोड़ कर रख दिया हो । दोस्तो , अगर हमारी जिंदगी का लक्ष्य ऐसा हो उद्देश्यपूर्ण कि जो तकलीफ हमने अपने जीवन में झेली वो किसी और को ना झेलनी पड़े तो हम अपने लक्ष्य के प्रति और ज्यादा निष्ठावान हो सकेंगे । दोस्तो , उद्देश्य और रुचि एक ही सिक्के के दो पहलू हैं , अगर लक्ष्य उद्देश्यपूर्ण होगा तो उसमें रुचि भी हमे अपने आप आ जायेगी ।

3. (लालसा)Desire:

दोस्तो, कभी किसी को देखकर या कभी कभी बिना किसी को देखकर भी हमारे मन में इच्छा होती है कि हमारे पास भी बढ़िया गाड़ी हो , ऐसा मकान हो या इतना बैंक बैलेंस हो और होनी भी चाहिए जीवन मिला है तो इसमें हर एक अच्छे अनुभव की लालसा

:हिमांशु सचदेव

होनी चाहिए। इस लालसा को हम सपना , ख्वाब या ड्रीम भी कहते है। और हमारे सपने तब पूरे होंगे जब इन्हें पाने के लिए हमारे पास कोई लक्ष्य होगा और लक्ष्य तब होगा जब हमारे पास कोई लालसा होगी कुछ पाने की। दोस्तों , हमारे ख्वाब हमे प्रेरित करते है लक्ष्य को पाने के लिए । इसलिए लक्ष्य निर्धारित करते समय अपनी इच्छाओं का भी विशेष ध्यान रखना चाहिए कि इस लक्ष्य को पाने के बाद क्या हम अपनी सभी इच्छाओं की पूर्ति कर पाएंगे या नहीं । अपनी इच्छाओं और लक्ष्य में तालमेल होना बहुत जरुरी है ।

100 बात की एक बात सर्वश्रेष्ठ लक्ष्य वो है जिसमे हमारी रुचि भी हो , हमारा दिली उद्देश्य भी हो और जिसे पाकर हम अपनी सभी इच्छाओं की भी पूर्ति कर सके ।

Next understanding है कि ...

:हिमांशु सचदेव

<u>Understanding :6</u>

लक्ष्य कैसा होना चाहिए ?

जैसा कि हमने अभी बात करी कि हमे अपना लक्ष्य खुद चुनना चाहिए तभी उस लक्ष्य की सार्थकता है, significance है।

पर ये हम जरूर बात कर सकते है कि लक्ष्य कैसा होना चाहिए । इस subtopic के बाद आपको भी थोड़ा इजी हो जाएगा लक्ष्य बनाने में या लक्ष्य सोचने में।

1) Should be the biggest :

दोस्तो लक्ष्य हमेशा बड़ा होना चाहिए क्योंकि बच्चा बच्चा जानता है छोटा तो भीम भी होता है। पता नहीं अधिकांश लोग बड़ा लक्ष्य सोचने से डरते क्यों है । अरे भाई पैसे थोड़ी ना लग रहे है , जब सोचना ही है तो बड़ा या सबसे बड़ा सोचने में क्या हर्ज है। क्योंकि जितना बड़ा लक्ष्य होगा

:हिमांशु सचदेव

हम उतनी ही अपनी पर्सनल ग्रोथ कर पाएंगे और साथ ही साथ ज्यादा से ज्यादा लोगो से जुड़कर उनके जीवन में डायरेक्ट या इनडायरेक्ट तरीके से   physical, mental ya financial positive change लाने का जरिया बन सकते है।

For example

जैसे किताब की शुरुआत में बताया गया था कि एक बिजनेसमैन खुद के लिए तो करोड़ों कमा ही रहा है पर साथ ही ढेरों लोगों को नौकरी पर रखकर उनके और उनके परिवार के रोज़गार का जरिया भी बना हुआ है,

Another example -

विराट कोहली ने अपने जीवन का लक्ष्य बड़ा रखा तो वो खुद तो अपनी सुपरस्टार लाइफ जी ही रहा है साथ ही अपनी लाइफ से औरों को भी प्रेरित कर रहा है कि मैं भी तुम्हारी तरह एक इंसान ही हूं, अगर मैं यहां पहुंच

:हिमांशु सचदेव

सकता हूं, जीवन में बहुत आगे बढ़ सकता हूं तो तुम भी बढ़ सकते हो।

" किसी काम को हम कर रहे हैं , पर उसमें हम बेस्ट होने का प्रयास नहीं कर रहे है, तो उस काम को करने का कोई मतलब नहीं है"

: विराट कोहली,

तो इसीलिए लक्ष्य हमेशा बड़ा रखना चाहिए।

दोस्तो, अब इसी बात को थोड़ा और आगे बढ़ाते हैं। जैसा कि अभी हमने बात करी कि लक्ष्य हमेशा बड़ा होना चाहिए पर लक्ष्य realistic भी होना चाहिए। Unrealistic लक्ष्य नहीं होना चाहिए।

इसको भी उदहारण से समझते है,
जैसे की आजकल एक गाना बहुत चल रहा है,

" तेरे वास्ते फलक से मैं चांद लाऊंगा,
 16-17 सितारे संग बांध लाऊंगा "

घंटा, ये हुआ सीधा सीधा unrealistic लक्ष्य। और realistic लक्ष्य क्या हुआ , मान लो यही बात कोई लड़का जो आज बेरोजगार है किसी लड़की से बोले कि "तेरे लिए 2 करोड़ की कार लाऊंगा, और बहुत से गहने साथ लाऊंगा"

ये सुनने में हो सकता है कि लड़के की आज की स्थिति के हिसाब से unrealistic सा लगे पर है realistic लक्ष्य। कल वो अपनी मेहनत से कार और गहने खरीद कर ला सकता है पर कोई सात जन्म में भी चांद तारे तोड़ के ला सकता है क्या, कोई भी नहीं ला सकता, ये unrealistic है। इसलिए हमारा लक्ष्य हमेशा realistic होना चाहिए।

हम अब बात करते है कि……

लक्ष्य : जीवन जीने की कला

:हिमांशु सचदेव

Understanding : 7

लक्ष्य को प्राप्त करने के लिए हमे क्या करना चाहिए....

(What should we do to achieve our Goals)

1) Should have we crystal clear goal :

लक्ष्य प्राप्ति की पहली शर्त है , एकदम क्रिस्टल क्लियर गोल। हमे पता होना चाहिए कि हम exactly चाहते क्या है। जैसे हम घर से कहीं जाने के लिए निकलते हैं तो हमे 100% पता होता है कि हम कहां जाने के लिए घर से निकले हैं। ठीक वैसे ही हमे पता होना चाहिए कि जिंदगी में हमे कहां पहुंचना है। हमे अपना गोल visualize करना सीखना चाहिए। Visualisation से गोल क्लियर होता है । अपने

लक्ष्य : जीवन जीने की कला

:हिमांशु सचदेव

लक्ष्य की clarity में .0001% भी कोई doubt नहीं होना चाहिए।

2) How to reach goal :

मान लीजिए आपको मुझसे यानी हिमांशु सचदेव से मिलने बूंदी आना है। मुझसे मिलना आपका लक्ष्य हो गया। अब आपके दिमाग में एक imaginery प्लान automatically बनता चला जाएगा । दिमाग बस, कार , ट्रेन ऐसे तीन चार विकल्प दिखाएगा। अब जो जरिया आपको सबसे सही लगे आप वो चुनेंगे। ये इंसानी दिमाग की खासियत है मंज़िल कैसी भी हो , ये रास्ता दिखा ही देता है। अगर आप बूंदी से ज्यादा दूर रहते है तो आप अपने दिमाग में बेस्ट possible way यानी ट्रेन चुनेंगे, फिर रिजर्वेशन , फिर घर से स्टेशन जाना , फिर ट्रेन पकड़ना, फिर ट्रेन से बूंदी पहुंचने की इमेज, फिर टैक्सी से मेरे घर या ऑफिस पहुंचने की इमेज और लास्ट में मुझसे

मिलने की इमेज। मतलब आपके दिमाग में एकदम क्लियर है कि मुझ तक पहुंचने के लिए आपको कहां कहां से और कैसे गुजरना है।

ठीक वैसे ही आपको अपने जिंदगी के लक्ष्य के रास्ते और how to reach ke बारे में भी 100% क्लियर होना चाहिए। सोच विचार planning कर आपको exactly पता होना चाहिए कि आपको अपनी मंज़िल तक पहुंचने के लिए कैसे और किन रास्तों से गुजरना पड़ेगा।

" क्योंकि मंज़िल वो नहीं पाते जो सिर्फ तेज़ चलना जानते है,
मंज़िल तो वो पाते है जिन्हें रास्ता मालूम होता है"

2) 200% Hard work :

अब मुझ तक पहुंचने के लिए सिर्फ ट्रेन की टिकट करवाने के बारे में सोचकर, या ट्रेन के सफर के बारे में सोचने भर से काम तो चलेगा नहीं । आपको effort डालना होगा। आपने जो

:हिमांशु सचदेव

how to reach में सोचा उसको प्रैक्टिकली करना होगा। आपको अपने शरीर से मेहनत करवानी होगी । planning को efforts में बदलना होगा। बिना प्रैक्टिकल effort या मेहनत के प्लैनिंग का कोई मतलब नहीं है।

अपने लक्ष्य को पाने के लिए पूरी ईमानदारी और लगन से मेहनत करनी होगी। और मेहनत करते समय कोई टेंशन नहीं लेनी। पूरे दिल से काम करना है ।हम सब जानते है कि गीता में लिखा है कि कर्म करो फल की चिंता मत करो। वो ऐसा इसलिए लिखा है क्योंकि अरे भाई दारू पीने वाले का लिवर खराब होना ही है, टोबैको यानी तम्बाकू खाने वाले को कैंसर होना ही है, ठीक वैसे ही लक्ष्य को पाने के लिए मेहनत करने वाले को फल मिलना ही है , इसमें टेंशन लेकर अपनी क्वालिटी ऑफ वर्क पे असर नहीं डालना। मज़े से मेहनत करनी है।

3) 200% **Self Belief** :

आप लक्ष्य को पाने के लिए मेहनत तभी कर पाएंगे जब आपके अंदर उसको पाने का सेल्फ

:हिमांशु सचदेव

belief होगा। हार्ड वर्क करने के लिए अपने आप में और अपनी प्लैनिंग में सेल्फ belief होना बहुत जरूरी है ।

आपकी प्लैनिंग आपके लक्ष्य का एक बहुत महत्वपूर्ण हिस्सा है इसलिए planning अच्छी तरह और सोच समझकर करे । अपनी प्लैनिंग में विश्वास होगा तो आप पूरे जोश से मेहनत कर पाएंगे।

5) Dividation of big goal into small hurdles:

अपने गोल को बहुत सारे छोटे छोटे हर्डल्स में बांटे और फिर हर अगले हर्डल् को पार करे। ऐसा करते हुए आप बड़ी आसानी से अपने गोल को प्राप्त कर सकते है। जैसे जैसे आप छोटे छोटे हर्डल्स पार करते जाएंगे वैसे वैसे आपका कॉन्फिडेंस भी बढ़ता चला जाएगा।

:हिमांशु सचदेव

6) set time limit for goal: अपने लक्ष्य को पाने के लिए एक समय रेखा निर्धारित करे । टाइम लिमिट आपको ढीला पढ़ने या आलसी होने नहीं देगी। जैसे ही आप थमने लगेंगे या आपका जोश कम होने लगेगा तो टाइम लिमिट दिमाग में आते ही आप फिर जोश से भर जाएंगे।

वो कहते है ना जब कुत्ता पीछे पढ़ता है तो आलसी से आलसी इंसान भी दौड़ने के लिए मजबूर हो जाता है।

Friends always remember this very very important line:

"Knowledge is not power, execution of knowledge is also not power , execution of knowledge before the right time lapse is the real power".

: Himanshu Sachdev

एक उदाहरण से समझते है मान लिजिए A इंसान किसी B बिमारी से मर गया है, जिसको ठीक करने की

लक्ष्य : जीवन जीने की कला

:हिमांशु सचदेव

दवा C है, पर उसे जीते जी C दवा नहीं दी गई। अब यानि मरने के बाद उसे C दवा देने का कोई फायदा होगा क्या। Knowledge(दवा) भी है execution(शरीर में दवा देना) भी हो रहा है पर समय निकल गया है जब execution of Knowledge काम आती।

दोस्तों अब हम बात करते है.....

Understanding : 8

वो कौनसे गुण है जो हमारे अंदर होने ही चाहिए अगर हमे अपने लक्ष्य को पाना है तो

(Qualities we must possess to achieve goals)

1) Good health :

जी हां दोस्तों, कॉमन सेंस की बात है अगर हम गाड़ी से कहीं जा रहे है लेकिन गाड़ी में ही खराबी है तो हम मंज़िल तक कैसे पहुंचेंगे। ये शरीर भी दोस्तो एक गाड़ी के समान है जिसका इस्तेमाल करके हम अपने निर्धारित लक्ष्य तक पहुंच सकते हैं। लेकिन अगर ये शरीर ही खराब हो गया या इस गाड़ी के ऑयल में कोई कचरा फंस गया है तो पहले ऑयल साफ करवाना पड़ेगा

लक्ष्य : जीवन जीने की कला

:हिमांशु सचदेव

यानी माइंड में कुछ दिक्कत आ गई तो लक्ष्य प्राप्ति लगभग नामुमकिन सी हो जाती है। इसलिए सबसे जरूरी है कि हम अपने पूरे स्वास्थ्य पर पूरा ध्यान दे । शारीरिक स्वास्थ्य और मानसिक स्वास्थ्य दोनो equally important है। एक की भी गड़बड़ी हमारा बहुत नुकसान कर देगी। मंज़िल तक पहुंचने के रास्ते कितने भी खतरनाक हो लेकिन अगर गाड़ी में दम है तो कठिन रास्ते भी आसानी से पार किए जा सकते है।

लेकिन अगर गाड़ी में ही खराबी है तो सबसे पहले हमें गाड़ी ठीक करवानी चाहिए। दोस्तों कहने का मतलब अगर हमारे शरीर या दिमाग में कोई समस्या है तो हमें चाहिए कि स्वास्थ को अपना पहला लक्ष्य बनाए और उसको ठीक करे। और एक बार हम टोटल हैल्थी हो गए तो फिर कुछ भी आसानी से प्राप्त कर सकते है।

2) दोस्तो, **second quality** जो लक्ष्य प्राप्ति के लिए बेहद जरूरी है वो है patience ,धैर्य :

सक्सेस कभी भी ओवरनाइट नहीं   मिलती । सक्सेस सालो कि मेहनत का नतीजा होती है। और कभी किसी को ओवरनाइट सक्सेस मिल भी गई तो वो ज्यादा दिनों तक रहती नहीं है।

कई बार हमे लगेगा कि हम मेहनत करे जा रहे है, करे जा रहे है पर कुछ हो नहीं रहा है । टाइम लगता है , सब्र रखना होगा। शौर्य दिखाना होगा , असली शौर्य चिल्लाना नहीं बल्कि धैर्य रखना है ।

2) Resilience :

धैर्य को ही थोड़ा और गहराई से समझे तो शब्द आता है resilience। Resilience का मतलब हर हाल में मैदान में टिके रहना। कितनी भी मुश्किल आ रही है पर नजर लक्ष्य पर बनाए

लक्ष्य : जीवन जीने की कला

:हिमांशु सचदेव

रखनी है और किसी भी परिस्थिति में हार नहीं माननी।

लक्ष्य प्राप्ति कोई हलवा थोड़ी ना है जो यूहीं मिल जाएगा। बहुत कुछ सहना पड़ता। कई कठिनाइयां जो हमने सपने में भी ना सोची हो वो पार करनी पड़ती है। जब भी कभी जीवन में आई कठिनायों से घबराकर लक्ष्य छोड़ने का मन करे तो अपने आप को फेविकोल का वो पुराना एड याद दिला देना। जिसमे एक लड़का कहीं लटका हुआ है । और एक लड़की ने उसे बचाने के लिए हाथ पकड़ा हुआ होता है ताकि वो गिर न जाए । और वो लड़की लटके हुए लड़के को बार बार एक ही बात दिलाती है, कि

" पकड़े रहना, छोड़ना नहीं"

आज मैं भी तुमको यही बोलता हूं,
जिंदगी में कितनी भी मुश्किलें आए तुम अपना लक्ष्य
पकड़े रहना , छोड़ना नहीं,

लक्ष्य : जीवन जीने की कला

:हिमांशु सचदेव

जब भी कोई इंसान कुछ बड़ा करने की सोचता है तो पहले तो अक्सर उसके घरवाले ही उसके दुश्मन बन जाते है। उन्होंने खुद कभी लाइफ में कुछ खास उखाड़ा नहीं होता तो वो अपने बच्चो को भी गलत पाठ सिखाते है, कि साले तू बनेगा मुकेश अंबानी, तू बनेगा विराट कोहली,

और जुबान से लठ मारते है,

घरवाले कितने ही लठ मारे ,

पर तुम अपने लक्ष्य को , **" पकड़े रहना, छोड़ना नहीं"**

हालत बहुत खराब हो , अच्छा कुछ लोग कहते है कोई भी लक्ष्य आपकी जिंदगी से बड़ा नहीं है, और आपको खुद के ऊपर दया दिखाने को कहते है

मेरी नजर में इस तरह की बातें वो करते है जिनका resilience कमजोर है।

:हिमांशु सचदेव

क्योंकी मान लो तुमने किसी चीज से घबराकर, खुद के ऊपर दया दिखा कर लक्ष्य छोड़ भी दिया तो भी बताओ लाइफ की कोई गारंटी है क्या, अभी सांस चल रही है कब बंद जाए किसी पता। जिंदगी जीना तो अपने आप में हर पल एक रिस्क है।

कोशिश नहीं छोड़नी दोस्त जीत तक या मौत तक नहीं छोड़नी, क्योंकि

" successful पर्सन एक वो unsuccessful person है , जिसने एक ओर प्रयास किया"

अगर तुम्हे लगता है कि तुम्हारे जीवन में कोई ऐसी समस्या आ रही है जो किसी के जीवन में नहीं अ॰ई होगी, तो इसका पॉजिटिव साइड सोचो की तुम्हे इस जीवन में कुछ ऐसा मिल सकता है जो आज तक किसी को ना मिला हो,

:हिमांशु सचदेव

बस तुम , " **पकड़े रहना, छोड़ना नहीं**"

लोग तुमको गालियां दे ,
तुम तो फिर भी "पकड़े **रहना, छोड़ना नहीं**"

कोई मुसीबत आए, उसके भी मज़े लो, मोटिवेशनल कोई कविता बना लो कोई , इतनी बढ़िया कविता लिखो की ऊपर बैठकर, शेक्सपीयर और गालिब भी आपस में बातें करे , कि लड़के ने कमाल कर दिया, या लड़की ने कमाल कर दिया,

Even the great Sachin tendulkar says :

" If people throw stones at you , you turn them into milestones ",

चाहे घरवाले या दुनिया कुछ भी बोले इग्नोर करो , अपने लक्ष्य पर ध्यान दो, फिर एक दिन तुम्हे तुम्हारे घरवाले

:हिमांशु सचदेव

ही बोलेंगे की बेटा तूने बढ़िया किया , हमारी सुनी नहीं और,

" पकड़कर रखा, छोड़ा नहीं"

मंज़िल का रास्ता कितना भी खराब हो, डरना नहीं है, रोना नहीं है, रोने से सिर्फ टाइम वेस्ट होता है ,
बस बढ़िया रास्ता आने तक खुद को याद दिलाते रहना है कि

" पकड़े रहना, छोड़ना नहीं"

लक्ष्य प्राप्ति तक खुद को याद दिलाते रहो कि,

हर हाल में,
पकड़े रहना है , छोड़ना नहीं है,

"कुछ भी हो जाए मैं झुकेगा नहीं साला" ।

:हिमांशु सचदेव

4) Always be happy :

सबसे   important quality जो हमारे अंदर होनी चाहिए वो है हर हाल में खुशी। We attract what we are। अगर हम खुश होंगे तो खुशी अट्रैक्ट करेंगे और दुखी होंगे तो दुख अट्रैक्ट करेंगे। लक्ष्य को स्ट्रेस की तरह नहीं बल्कि एक खेल की तरह लेन है ।और खेलने का मज़ा लेना है । खेल में कितने भी उतार चढ़ाव आ जाएं , पर खेलने का मज़ा कभी कम नहीं होता । बल्कि जितनी ज्यादा tough situation होती है, एक अच्छे खिलाड़ी को उतना ही खेल में मज़ा आता है। तो लक्ष्य प्राप्ति के लिए जो भी मेहनत या प्लांनिंग करनी है वो खुश होकर करनी है।

तो फ्रेंड्स , किताब के अंत में एक activity करते है खुश होने की,

लक्ष्य : जीवन जीने की कला

:हिमांशु सचदेव

कुछ सेकंड्स के लिए आप अपनी आंख बंद कीजिए, और साथ ही साथ मुस्कुराइए।

और मुस्कुराने के बाद अपना लक्ष्य सोचिए। इस किताब को पढ़ने के बाद, इतने सारे पॉइंट्स समझने के बाद आपके दिमाग में लक्ष्य जरूर बन गया होगा। वास्तव में आपका लक्ष्य तो पहले ही आपके अंदर था पर बहुत सारे लोगों के अंदर वो स्लीपिंग स्टेट में होगा। जो इस किताब को पढ़ने के बाद I hope जाग गया होगा। तो मुस्कुराएं और अपने लक्ष्य के बारे में सोचे,

अब ये सोचे ये फीलिंग अपने अंदर लेकर के आए की वो लक्ष्य already आपको मिल चुका है। आप अपने लक्ष्य को एंज्वॉय कर रहे है आपकी ड्रीम कार, ड्रीम हाउस सब आपके पास है।

Obviously ,आपको ये सब सोचकर बहुत अच्छा लग रहा होगा। तो सोचिए जब ये सब कुछ हकीकत में आपके पास होगा तो कितना अच्छा लगेगा।

लक्ष्य : जीवन जीने की कला

:हिमांशु सचदेव

अब आप अपनी आंखे खोलें,

और गुरु होजा शुरू,

<u>क्योंकि लक्ष्य को हर हाल में पाना है।</u>

लक्ष्य : जीवन जीने की कला

:हिमांशु सचदेव

Understanding : 9

IMPORTANT PUNCHLINES TO ALWAYS REMEMBER IN LIFE

1) Write your goal on the wall :

दोस्तों , लक्ष्य के प्रति जागरूक रहने का सबसे कारगर और सबसे आसान तरीका है कि अपने लक्ष्य को एक चार्ट पर लिखें और उसे अपने कमरे की दीवार पर चिपका दें । सोते , जागते , खाते , पीते आपको सिर्फ अपना लक्ष्य ही नज़र आए और आलतू फालतू कुछ नही ।

उस चार्ट पर आप अपना लक्ष्य लिख सकते है और लक्ष्य को दो भाग यानी short term और long term goal में बांट सकते हैं। उस चार्ट पर मानो अपनी जिन्दगी की आने वाली कहानी का चित्रित विवरण कर सकते है, जैसे आपका मुख्य लक्ष्य, मुख्य लक्ष्य को पाने में कौनसे आपके sub goals होंगे जैसे हमने बात करी थी short term और long term goal और साथ ही   लिखें कि आपको

:हिमांशु सचदेव

इन सब को पाने के लिए क्या क्या करना है । शॉर्ट में कहें तो अपने लक्ष्य का प्लान, उसे पाने के लिए actions needed or एक time limit जितने टाइम में आप उसे पाना चाहते है ये सब लिखें। ताकि आपकी लक्ष्य स्क्रिप्ट आपके रोम रोम में बस जाए और एक दिन ऐसा आए कि आपमें और आपके लक्ष्य में कोई भेद ही नही हो । आप ही लक्ष्य हो जाएं और लक्ष्य ही आप हो जाएं ।

Punchline :

" In Film or in life the first and most important thing the director needs to give a direction is a script "

2) <u>Common thinking of great people:</u>

दोस्तों , दुनिया में दो तरह के लोग है , पहले वो जो सोचते है कि वो हमेशा high risk पे है , एक वो जो सोचते है कि वे हमेशा low risk पे हैं। मतलब ये दोस्तों एक तरह के लोग सोचते है की वो क्या क्या खो सकते है

:हिमांशु सचदेव

और दूसरे तरह के लोग सोचते है कि वो जिंदगी में क्या क्या पा सकते हैं। दोस्तों , दुनिया में एक चीज का बिल्कुल विरोध नही किया जा सकता और वो है मौत , आज नही तो कल आएगी ही ।

" Death is the only thing that is impossible to resist against"

मौत से डरे क्यों और ये क्यों सोचे की हम क्या खोने वाले है क्योंकि एक दिन तो सब छूटना ही है। जो लोग छोड़ नही पाते वो कुछ पा भी नही सकते। ज़िंदगी में sensible risk लेना बहुत जरूरी है क्योंकि no risk is the biggest risk, बिना कुछ दाव पे लगाए आज तक कोई महान नही बना है। एक ही ज़िंदगी है इसे अच्छे से जियो ।जिंदगी को एक एडवेंचर बनाओ , सब कुछ अच्छा अच्छा अनुभव करो और एक दिन तृप्त होकर उसे खुशी खुशी त्याग जाओ ।

Punchline :

" ज़िंदगी ऐसे मत जिओ कि कभी मरोगे ही नही , बल्कि ऐसे डर रहित होकर जियो की कभी भी मर सकते हो "

:हिमांशु सचदेव

एक और खास बात जो अक्सर महान लोगो में होती है कि वे जमीन और जमीर से जुड़े रहते है । कहने का मतलब दोस्तों महान लोग अपनी चेतना यानि की आत्मा से जुड़े होते है और निर्णय आत्मा से ही लेते है । मन चका चौंध या लालच में बहका सकता है , मगर आत्मा हमेशा सही निर्णय करती है । सब महान लोगों में discipline, punctuality, observation और full commitment जैसे basic गुण होते ही है ।

Punchline :

*" Great people do not do **anything** fancy ,*

They just keep the basics right".

3) Accept failiure as an

experiment:

दोस्तों, जीवन आसान नही होता । जीवन में कई चुनौतियां आती है जिसका हमें सामना करना पढ़ता है और जिनका सामना हमें डट के करना चाहिए। पर कभी कभी ऐसा होता है कि हमारी तमाम कोशिश के बाद भी वैसा नही हो पाता जैसा हम चाहते है या जैसा नतीजा हम चाहते है । अब इस स्थिति पर सोचने के दो तरीके है , पहला ये कि हम fail हुए जो कि एक साधारण सोच है,

लक्ष्य : जीवन जीने की कला

:हिमांशु सचदेव

और दूसरा सोचने का तरीका है कि हमारा एक event fail हुआ, ये है एक वैज्ञानिक के सोचने का तरीका। बात एक ही है लेकिन साधारण सोच में निराशा का भाव है और वैज्ञानिक की सोच में अभी भी आशा का भाव है कि अब नया experiment की तैयारी । एक सच्चा वैज्ञानिक किसी अविष्कार के लिए एक ही प्रकिया अलग अलग तरीके से करता है जब तक वो उस अविष्कार में सफल नही हो जाता, वो प्रक्रिया है experiment, observation फिर experiment और फिर observation। एक बार फेल होता है तो दोबारा नए तरीके से प्रयास करता है और जब तक प्रयास करता है जब तक वो सफल नही हो जाता या जब तक मर नही जाता ।हमे भी एक फेलियर को एक experiment की तरह देखना चाहिए और उसे लेकर रोना बिलकुल नहीं चाहिए।

"क्योंकि रोने से सिर्फ टाइम वेस्ट होता है और कुछ नहीं होता।"

एक बार event फेल हो गया तो हमे दोबारा नए तरीके से प्रयास करना चाहिए। हमे एक चीज ध्यान रखनी चाहिए कि जीवन में बहुत सी घटनाएं होती है और हर घटना या event पर हमारा नियंत्रण नही होता ।

दोस्तों,

लक्ष्य : जीवन जीने की कला

:हिमांशु सचदेव

Punchline :

"Hard work does not guarantee success but it guarantee satisfaction ".
(hard work means intensely involved sensible work with continuous disciplined commitment)

सबसे बड़ी बात ये है कि हम हमारे हर पिछले प्रयास से संतुष्ट होने चाहिए। हमे लगना चाहिए कि इससे ज्यादा हम कुछ नही कर सकते थे । हमे fear of failure नही होना चाहिए बल्कि हमारे अंदर guts to fail होना चाहिए। ज़िंदगी को एक मूवी और खुद को एक हीरो की तरह देखिए , कहानी में कितनी भी ट्रेजेडी या तकलीफ हो हीरो कभी खुद को बेचारा नही दिखाता , बल्कि हर समस्या को दिखाता है कि वो हीरो है किसी ना किसी तरीके से समाधान निकाल ही लेगा,

एक और उदहारण से समझते है ,

मान लीजिए क्रिकेट में किसी बैट्समैन को एक भी रन बनाना है तो उसे बैटिंग करने के लिए मैदान में आना ही

लक्ष्य : जीवन जीने की कला

:हिमांशु सचदेव

पड़ेगा, आउट होने के डर से अगर वो मैदान में ही नही आए तो सेंचुरी तो दूर की बात है वो खुद को एक रन बनाने का अवसर भी नहीं देगा । हो सकता है कि वो पहली गेंद पे ही आउट हो जाए लेकिन कम से कम उसने खुद को रन बनाने का अवसर तो दिया । हो सकता है कि वो अपनी गलती से आउट ही न हुआ हो बल्कि पार्टनर ने रन आउट करवा दिया हो गलती से या अंपायर ने गलत निर्णय दे दिया पर उसने अपने आप को एक चांस तो दिया सफल होने का । दोस्तों , जिन्दगी के

"खेल में खिलाड़ी बने , दर्शक नही "।

एक खिलाड़ी ही है जो मैच में विकेट ले सकता है या रन बना सकता है , आज नही तो अगली बार , अगले मैच में , अगले प्रयास में पर एक दर्शक कभी रन नही बना सकता या कभी विकेट नही ले सकता और इसलिए कभी कोई रिकॉर्ड नहीं बना सकता , इतिहास के पन्नों में हमेशा खिलाड़ी का नाम दर्ज होता है , दर्शक का नहीं । और खिलाड़ी भी वो जो एक, दो असफलताओं से घबराए नहीं बल्कि उनसे सीखकर अपने आप को और काबिल बनाकर खुद को जीतने का एक और अवसर दे

:हिमांशु सचदेव

और उस अवसर में रिकॉर्ड तोड ऐतिहासिक कमाल कर दिखाए।

4) Make an ideal in life :

जीवन में एक आदर्श होना बहुत ज़रूरी हैं। जिसको देखकर हम प्रोत्साहित हो सकें और उनसे सीखकर हम अपने लक्ष्य की ओर अग्रसर हो सकें और अंततः उस लक्ष्य पा सके । सबसे पहले सोचे कि आप जीवन में किनकी तरह बनना चाहते है या आप अपने अंदर कौन कौन सी qualities चाहते हैं जिसके सहारे आप अपने लक्ष्य को पा सकें । अपना आदर्श बहुत ही सोच समझकर चुने क्योंकि धीरे धीरे आप पाएंगे कि दिन ब दिन उनकी qualities आप में स्वतः ही आने लगेंगी ।एक बात का विशेष ध्यान रखें कि अपने आदर्श के चरित्र का चिंतन करें और उनसे सीखें लेकिन उनकी नकल ना करें । हालांकि उनकी नकल करके भी आप जीवन में कुछ उपलब्धियां पा सकते है मगर नकल करके आप उनसे कभी आगे नही निकल पाएंगे। उनसे सीखकर

:हिमांशु सचदेव

, उन्हें गुरु मानकर, उनसे भी आगे निकलने का प्रयास करें।

Punchline :

"Learn from legends but do not copy them if you want to surpass them ".

5) Be aware of sacrifices needed to achieve goal:

(त्याग के लिए जागरूक और तैयार रहें):

पुरानी कहावत है कि कुछ पाने के लिए कुछ खोना पड़ता है जैसे एक नई सांस भी तभी आती है जब एक पुरानी सांस छोड़ी जाती है। अगर आपको जीवन में कुछ पाना है या जो भी पाना है तो उसी लेवल का त्याग भी सीखना होगा। खाना , सोना , लोग , इवेंट्स आपको चुनने होंगे , कि क्या क्या लक्ष्य प्राप्ति के लिए जरूरी है और कितना जरूरी है । आप एक लिस्ट बना सकते है कि दिन भर में आप क्या क्या करते है । उस लिस्ट को तीन भागों में बाटिए _ A, B or C . C मे वो काम लिखिए जो बिल्कुल गैर जरूरी है या जिनका हमारे जीवन की

:हिमांशु सचदेव

क्वालिटी पर नेगेटिव असर पढ़ रहा है, B मे वो दिनचर्या लिखिए जिसका हमारे जीवन में नेगेटिव असर तो नही हो रहा है पर पॉजिटिव असर भी नही हो रहा है और बची A लिस्ट उसमे वो काम लिखिए जिससे हमारे जीवन में कोई न कोई पॉजिटिव असर हो रहा है और नेगेटिव बिल्कुल नही । दोस्तों अब बिना हिचकिचाहट के लिस्ट B or C को जला दीजिए। और जलाने का मतलब इसे अपने जीवन से त्याग दीजिए, निकाल फेकिए। और कोशिश नहीं commitment करिए की दिनचर्या केवल A list के हिसाब से होगी और A लिस्ट activities बढ़ाने की कोशिश कीजिए। इससे आप लक्ष्य पाने के लिए और योग्य बन पाएंगे ।

 याद रखिए कि लोग आपको मजबूर करेंगे लिस्ट B और C वाले काम करने के लिए । लोग क्या आपके घरवाले भी बोलेंगे आज पार्टी में चल , पिज्जा बर्गर खाले , अगर आपको नही खाना और पार्टी में जाने से समय बर्बाद नही करना तो

Punchline :

<u>"learn   and practice to say no with confidence "</u>.

:हिमांशु सचदेव

जो अपने और अपने लक्ष्य के साथ ईमानदारी और मजबूती से खड़ा रहता है वही लक्ष्य को पाता है ।

6) Learn to love yourself unconditionally :

अगर हमे खुश रहना है तो एक बात की गांठ अच्छी तरह बांध लेने चाहिए कि हमे खुद से बेशर्त प्रेम करना चाहिए। हम खुद से प्रेम कर पाएंगे तो खुश रह पाएंगे और खुश रहेंगे तो सफल हो पायेंगे। क्योंकी खुशी से ही जीवन में उमंग आती है और उमंग से ही सफलता। बेशर्त प्रेम का मतलब ये नही कि अपनी कमियों को नही देखना या सुधारना बल्कि उन्हें सुधारने के लिए और ज्यादा जिद्दी हो जाना ।

Punchline :

"Self love doesn't mean to do whatever mind likes , Self love means understanding and doing what is right"

:हिमांशु सचदेव

7) Right meaning of spirituality:

दोस्तों, हमारी ये सोच है या ये सोच बन गई है कि अध्यात्म का मतलब गरीबी में रहना होता है । आध्यात्मिक व्यक्ति को पैसा कमाना, सपने देखना , लक्ष्य बनाना शोभा नही देता जबकि सही अध्यात्म इसके बिलकुल उलट है। अध्यात्म और सफलता एक ही सिक्के के दो पहलू है । बिना आध्यात्मिक शक्ति के कोई व्यक्ति जीवन में सफल हो ही नही सकता ।

Punchline :

" spirituality is not about leaving everything, it is about achieving everything"

8) Become a player not spectator in the game of life:

लक्ष्य : जीवन जीने की कला

:हिमांशु सचदेव

दोस्तों, जिंदगी में लक्ष्य एक खेल की तरह है । खेल का अंत यानि हार या जीत । जिंदगी में अगर आपका कोई लक्ष्य है तो या तो आप हारेंगे या जीतेंगे और ना हारने का सबसे आसान और सबसे अचूक तरीका है कि खेलिये ही मत । लेकिन एक बात याद रखियेगा ना खेलकर आप हार से तो बच जायेंगें लेकिन कभी भी जीत के रस का मजा भी नही ले पाएंगे । आप चाहें तो जिंदगी के खेल में खिलाड़ी नही दर्शक बन कर रहे ये आपकी मर्जी और खिलाड़ियों की हार जीत देखते रहें क्योंकि हार जीत मैदान के अंदर खिलाड़ियों में होती है बाहर बैठे दर्शक तो केवल उनके खेल की बातें कर सकते है । ये आपको तय करना है कि जिंदगी के खेल में आपको खिलाड़ी बनकर रहना है या दर्शक।

Punchline :

" To not loose is easy ,just don't play the game but if you don't play , remember you can never win too, it is totally upto you whether to be a player or mere a spectator of other's game. "

:हिमांशु सचदेव

9) Think Infinite:

जिंदगी में दो ही तरह की सोच होती है जिसे हम अच्छी या बुरी सोच कहते है । अगर जीवन में आगे बढ़ना है तो हमेशा अच्छी और सकारात्मक सोच रखनी चाहिए और इसके लिए हम अच्छे लोगो से बात कर सकते है या अच्छे और महान लोगो की सोच के बारे में कहीं से जान सकते है या अच्छी किताबे पढ़ सकते है । जी हां दोस्तों, अच्छी किताबे या अच्छे लोगो के साथ समय बिताने से स्वतः ही हमारी सोच भी अच्छी होने लगेगी पर इस प्रक्रिया में हमेशा एक बात याद रखनी जरुरी है कि किसी भी चीज को अंतिम ज्ञान मानकर नही बैठना है । ज्ञान अनंत है और किसी की कही बात या सोच से भी आगे का या और बेहतर सोचा जा सकता है । लेकिन हमें अगर किसी से आगे पहुंचना है तो पहले उन तक तो पहुंचना पड़ेगा ही । उदाहरण के रूप में इस किताब को ही ले लेते हैं, इस किताब में लक्ष्य को जीवन जीने की कला बताया गया है और उसके बारे में जितना लेखक को सही लगा उतना ज्ञान परोसा गया है ताकि पाठक यानि आपको जीवन जीने के तरीके में कोई सुझाव या मदद मिल सके ।

लेकिन आप पढ़ते वक्त केवल इसे ही अंतिम ज्ञान ना मानें , आप अगर इससे बेहतर कुछ सोच सकते है तो सोचें।

:हिमांशु सचदेव

हर पहलू को केवल पढ़े नही उसपर विचार करें और अपनी समझ शक्ति से इससे भी आगे निकल सके तो खुद भी आगे निकले और औरों को भी प्रेरित करें। किताब पढ़ने का तरीका भी यही है कि पढ़े और विचार करे।

Punchline :

"Infinite thinking is the key to extraordinary growth."

10) Be the best till you are alive:

दोस्तो, अगर जिंदगी मिली ही है तो क्यों ना इसे ऐसे सोचकर या जानकर जिया जाए कि मुझसे बेहतर कोई नहीं है , घमंड से नही अपितु पूर्ण विश्वास से ।
," I am the best, confidently and not arrogonantly". कोशिश , मेहनत और नियत ये रहे कि हमारे फील्ड में हमारे जीते जी हमसे बेहतर अबतक कोई ना आया हो और ना आ सके ।किसी से जलना नही है सिर्फ खुद को बेस्ट मानकर और बनाकर खुद ही के

:हिमांशु सचदेव

रिकॉर्ड्स तोड़ने है। लेकिन मरने के बाद की चिंता नही करनी , क्योंकि तब हम खेल का हिस्सा नहीं होंगे । लेकिन जबतक खेलें सर्वश्रेष्ठ खेलें। रिपीट,

Punchline :

" I am the best , confidently and not arrogonantly"

11) Understanding ego and self respect:

आपके मन में भी कई बार दुविधा होती होगी जब कोई आपको परेशान करता है कि इसे माफ करूं या इससे लड़ूं। जी हां दोस्तों जिंदगी में सबसे बड़े confusion में से एक confusion ये भी कि कब हम अहंकारी होते है और कब आत्म सम्मान के रक्षक । लक्ष्य की तरफ जाने में हमे बहुत सी रुकावटें आएंगी हर मुश्किल अलग तरह की होगी। हमे ये तय करना होगा कि किस रुकावट को किस तरह से पार करना है या इस मुश्किल से हमे

:हिमांशु सचदेव

झूझना भी है या नही या कैसे जूझना है । इसके लिए हमें आत्मसम्मान और अहंकार में अंतर पता होना चाहिए। दोस्तों, जिसे छोड़कर हमे अंदर से तकलीफ हो तो वो है आत्मसम्मान और जिसे छोड़कर हमे अंदर से शांति मिल सकती है वो है अहंकार ।

Punchline :

"Whose separation gives inner peace is ego,and whose separation gives inner pain is self respect."

Understanding : 10

Important points to always remember in life :

1. Negativity is a disease, don't have it and do not get affected by those who have it .

2. Be kindest to everyone in the world but not at cost of yourself.

3. Learn to communicate to right people at right time and in the best possible manner and exactly what you want to communicate.

4. Listening, thinking and speaking negativity is a poison.

:हिमांशु सचदेव

5. Be an alchamist, convert every threat into opportunity.

6. Always focus on what you want and how you want to become and not on what you don't want and what you don't want to become.

7. There will always be a good thing in every bad time in life and that is we will be always alive in life and can restart anytime and from anywhere .

8. Always beware of attachments and open up for unconditional love but not at cost of your peace .

9. Always remember life is a lonely battle , thanks those who helped you because they

:हिमांशु सचदेव

helped you and thanks those who harmed you because they made you resilient .

10. Over valuing and under valuing oneself both are harmful . Be confident but open to learning and acceptance .

11. When unwanted situation comes in life either you can break yourself down or you break records , always break records .

12. If someone wants you to become like them, live like their belief system (usually middle class family scenario)and they themselves didn't lead very successful or happy life , just tell them God has given me a different life to live in my way , If I will become you then what was the need of my birth . Protect yourself from family belief

:हिमांशु सचदेव

system   anyhow   and show up them by proving yourself right later.

13. Learn to prioritize things in life , it will help a lot to achieve goals. That's a simple but sensible way of living.

14. Never give power to situations or people to trigger your positive nature , believe in self , be resilient and be yourself always .

15. Do the needful now , because most of the times late is never.

16. Always remember we came with nothing , but we will go with either experiencing chances we take or with the regret of chances we didn't take foolishly or cowardly

:हिमांशु सचदेव

, the only common thing at last will be death

.

17.   Company does not affect if you are internally powerful . So don't worry if life has put you in unwanted company of negative people , yes they can have short impacts on you but cannot change you and vice e versa

.

Like suppose kohli is best player in cricket , he has to play with other players , will other players impact kohli perfomance , definately not.

18. Most of the people live a format life , this this this is particular way to live   life , unfortunately they couldn't think more than that , life is always a infinite potential phenomena , live a life not formality .

:हिमांशु सचदेव

19. Understand difference between contentment and fear . Be satisfied if your taken chance didn't go your way but never have fear of failure that will never help you take chances that can do wonders .

20. Never disturb other in achieving goals . Never demotivate or shatter anybody's dream. That's a sin.

21. Never sink deep in any kind of guilt , learn and move on more wisely .

22. Do good things immediately .

23. Everybody is gifted a inner voice , practice to listen to it . That inner voice is right all the time in any decision making .

24. If ever need to choose between emotion and good intent . Always choose good intent

.

25. Even after sheer hardwork and good intent if nothing going your way and opposite is happening , always take control of your mind . Keep mind and body in control in every situation . Never let any situation disturb them . That's self love .

26. Never fear about talent if you less and never be over proud of self even if you have more   , it is always discipline which will take you forward in life .

27. The best gift you can give to the world is your experience . That is that any other person can't buy . Always share your

learnings in life so that others won't suffer what you have gone through or others may help with you have gone through , that's a great charity.

28. Always be busy in doing something , especially physically , which will never allow you to stress , remember business(being busy(is next to God .

29. If you want to change your repetitive life pattern or incidences , change your habits and daily routine .
Reading , writing , singing, do any creative work regularly . That will expand your mind and will improve decision making ability in life .

:हिमांशु सचदेव

30. Suppose if you are a housewife and you do not have a professional goal , what can make your life intresting is helping your family members in achieving their goals . Never demotivate them with your attachment but help them to achieve .

(if you cannot be the queen because of household responsiblities, be the king maker)

31. In life , be satisfied with material things after a point , but never be satisfied with purposes or goals till last breath . If one is achieved then make another goal and keep repeating . That will always make life a intresting and worth living.

32. Don't live like you will never die , live like you can die any moment , simply means be

true to yourself and to life always, never have too many attachments and this way will help to reduce fear of failure.

33. Be internally and as well as externally happy irrespective of anything .
Happiness makes us resilient and solution oriented at the time of difficulty and our ultimate objective is to be happy then why shouldn't be happy , remember happiness is always a decision we take over our ego .

34. Be always pure at heart , because purity brings confidence and purity always comes from joyfulness , so be joyful always .

35. Be good at sense of humour , sense of humour improves quality of life , makes us more involve , as well as peaceful in life and

also cleanses our aura as a result our personality becomes attractive , no matter what we are facing . Sense of humour comes from observations so observe more and observation comes from focus and focus improves from practicing it .

36. The best way to keep your mind peaceful is to meditate and do self less service on daily basis . Always remember a peaceful mind is a productive mind . And also if all hard work done doesn't help in life , blessings can do easily . Blessings are luck converter in favour .

37. Visualize , feel , imagine what you want in life . This will cluster clear your goal , actions needed to achieve goals and will

also make your connection with universe to manifest it .

38. Do as much that you are satisfied with yourself . Results are secondary , self satisfaction is primary and most important achievement .

39. The biggest power to live life and achive in life is will power . Will power is life power . A human being can do anything with this power and human being can do nothing without this power . Will power can come from daily practice of believing in self , from having a purpose , from a person , from motivational books , from improving self knowledge   and   sometimes   from heartbroken insults . But best way to increase and generate will power is self love

:हिमांशु सचदेव

. More the self love more the will power . Love comes from acceptance . First of all learn to accept yourself . Believe you do not need anyone to be happy . You are happiness sharer not seeker saying affirmation daily will help a lot .

40. Do good to others and to self . Never intent of harming anyone and not doing anything that will harm you will avoid most of the problems in life .

41. Take everything as a game in life , the hardest situations , the difficult negative people around , the unluck , take everything as tasks god has given you to test your resilience, play well.

:हिमांशु सचदेव

42. Always remember old saying something is better than nothing, no matter how difficult life seems to be , if you are not able to think what to do , just do something to crack it , whatever little you can think or do at particular point of time , but do not sit idle . Sitting idle and hopeless will never do any good.

43. Anything harmful or not helpful learnt will be unlearned by learning something new, alway remember old habits will only go by adopting new habits.

44. Improve daily , learn daily, become better daily for nobody else but for yourself . There is no better happiness than becoming better everyday.

:हिमांशु सचदेव

45. Read this book daily for atleast 21 days and you will become far better version of yourself, for sure.

लक्ष्य : जीवन जीने की कला

:हिमांशु सचदेव

Understanding : 11

Important Affirmations to read and write daily

1. I am the most healthiest person ever and becoming more healthier with every new second.

2. I am the most mindful person ever and becoming more mindful with every new second.

3. I am the most sensible person ever and getting more sensible with every new second.

:हिमांशु सचदेव

4. I am the most successful person ever and becoming more successful with every second.

5. I am the most disciplined person ever and becoming more disciplined with every new second.

6. My intentions are purest and biggest.

7. The god is with and within me.

लक्ष्य : जीवन जीने की कला

8. My dreams are getting true.

:हिमांशु सचदेव

9. I am thankful to universe for making me the best human being ever in every positive aspect .

10. I love myself, I love whole universe and whole universe loves me .

11. I am the most happiest person ever in the whole world.

:हिमांशु सचदेव

Understanding : 12

Motivational Anthem for daily recitation

"जिंदगी मिली है जीने के लिए इसमें क्यों डरे हम,
एक दिन तो वैसे भी मरना ही है, जीते जी क्यों मरे हम"

Let's be the best till we alive,

Let's keep our ego aside,

Also careful, self respect must not get hide,

That's the way to live a good life.

लक्ष्य   लक्ष्य   लक्ष्य !
लक्ष्य   लक्ष्य   लक्ष्य !

:हिमांशु सचदेव

<u>Write Your Goals Here :</u>

<u>Write Your Goals Here :</u>